山谷詞

黄庭堅

淮海詞

秦觀

四庫全書
宋詞別集
叢刊 ❹

商務印書館

山谷詞

黃庭堅

欽定四庫全書　集部十

山谷詞　詞曲類詞集之屬

提要

臣等謹案山谷詞一卷宋黄庭堅撰庭堅有全集别著録此其别行之本也宋史藝文志載庭堅樂府二卷馬端臨經籍考載山谷詞一卷世傳庭堅詞有琴趣外篇二卷當即是此一卷耳陳振孫書録解題於晁无咎詞條

下引補之語曰今代詞手惟秦七黄九他人不能及也山谷詞條下又引補之語曰魯直間作小詞固高妙然不是當行家語自是著腔子唱好詩二說自相矛盾今考其詞如沁園春望遠行千秋歲第二首江城子第二首兩同心第二首第三首少年心第一首第二首醜奴兒第二首鼓笛令第四首好事近第三首皆褻諢不可名狀至於鼓笛令第三首

之用艤字第四首之用豚字皆字書所不載尤不可解不止補之所云不當家已也顧其佳者則妙脱蹊徑迥出慧心觀其兩同心第二首與第三首玉樓春第一首與第二首醉蓬萊第一首與第二首皆改本與初本並登則當時以其名重不問美惡而一槩收拾故至於是是固宜分别觀之矣陸游老學庵筆記辨其念奴嬌詞老子平生江南江北愛聽

臨風笛句俗本不知其蜀中方音改笛為曲
以叶竹音今考此本仍作笛字則猶舊本之
未經竄亂者矣乾隆四十九年十一月恭校
上
總纂官臣紀昀臣陸錫熊臣孫士毅
總校官臣陸費墀

欽定四庫全書

山谷詞

宋 黄庭堅 撰

水調歌頭

瑶草一何碧春入武陵溪溪上桃花無數枝上有黄鸝我欲穿花尋路直入白雲深處浩氣展虹蜺祗恐花深裏紅霧濕人衣 坐玉石倚玉枕拂金徽謫仙何處無人伴我白螺杯我為靈芝仙草不為絳唇丹臉長嘯亦

何爲醉舞下山去明月逐人歸

又

落日塞垣路風勁戛貂裘翩翩數騎閑獵深入黑山頭
極目平沙千里唯見琱弓白羽鐵面駿華騮隱隱望青
冢特地起閒愁　漢天子方鼎盛四百州玉顏皓齒深
鎖三十六宮秋堂有經綸賢相邉有縱横謀將不減翠
蛾羞戎王和樂也聖主永無憂

畫堂春　年十六作

東風吹柳日初長雨餘芳草斜陽杏花零亂燕泥香睡損紅粧　寶篆煙銷龍鳳畫屏雲鎖瀟湘夜寒微透薄羅裳無限思量

又

摩園小隱枕蠻江蛛絲閒鎖晴窻水風山影上修廊不到晚來凉　相伴蝶穿花徑獨飛鷗舞溪光不因送客下繩牀添火炷爐香

虞美人　至當塗呈郎功甫

平生本愛江湖住鷗鷺無人處江南江北水雲連莫笑醯鷄歌舞甕中天　當塗縣棹蕭䇿外賴有賓朋在此身無路入修門慙愧詩翁清些與招魂

又

波聲拍枕長淮曉缺月窺人小無情江水自東流只載一船離恨向西州　竹陰花塢曾同醉酒味多於淚若教金鑒在塵埃醞造一場煩惱送人來

又宜州見梅作

天涯也有江南信梅破知春近夜闌風細得香遲不道曉來開遍向南枝　玉臺弄粉花應妒飄到眉心住平生箇裡願盃深去國十年老盡少年心

撥棹子

歸去來歸去來攜手舊山歸去來有人共對月尊罍橫一琴甚處逍遙不自在　閒世界無利害何必向世間甘幻愛與君釣晚煙寒瀨蒸白魚稻飯溪童供筍菜

兩同心

巧笑眉顰行步精神隱隱似朝雲行雨弓弓樣羅襪生塵罇前見玉檻雕籠堪愛難親　自言家住天津生小從人恐舞罷隨風飛去顧阿母教窣珠裙從今去唯願銀缸莫照離罇

又

一笑千金越樣情深曾共結合歡羅帶終須效比翼文禽許多時靈利惺惺驀地昏沉　自從官不容針直至而今你共人女邊著子爭知我門裏挑心記攜手小院

回廊月影花陰

又

秋水遥岑粧淡情深儘道教心堅穿石更說甚官不容針孁時間雨散雲歸無處追尋　小樓朱閣沉沉一笑千金你共人女邉著子争知我門裏挑心最難忘小院回廊月影花陰

憶帝京

銀燭生花如紅豆占好事如今有人醉曲屏深借寶瑟

輕招手一陣白蘋風故滅燭教相就　花帶雨氷肌香透恨啼烏轆轤聲曉柳岸微凉吹殘酒斷腸人依舊鏡中銷瘦恐那人知後鎮把你來僝僽

又

贈彈琵琶妓

薄粧小靨閒情素抱著琵琶凝竚慢然復輕攏切切如私語轉撥割朱絃一段驚沙去　萬里嫁烏孫公主對易水明妃不渡粉淚行行紅顏片片指下花落狂風雨借問本師誰斂撥當胸住

又　黔州張倅生日

鳴鳩乳燕春閒暇化作綠陰槐夏壽觴舞紅裳聽鴨飄香麝醉此洛陽人佐郡深儒雅　況坐上玉麟金馬更莫問鶯老花謝萬里相依千金為壽未厭玉燭傳清夜不醉欲言歸笑殺高陽社

水龍吟　黔守曹伯達供備生日

早秋明月新圓漢家戚里生飛將青驄寶勒綠沉金鎖曾隨天仗種德江南宣威西夏合宮陪享況當年定計

昭陵與子勲勞在諸公上　千騎風流年少暫淹留莫孤清賞平坡駐馬虛弦落雁思臨軍帳遍舞摩圍遞歌彭水拂雲鶯浪看朱顏綠鬢封侯萬里寫淩煙像

滿庭芳

北苑龍團江南鷹爪萬里名動京關碾深羅細瓊蘂暖生煙一種風流氣味如甘露不染塵凡纖纖捧冰甆瑩玉金縷鷓鴣斑　相如方病酒銀瓶蟹眼波怒濤翻爲扶起罇前醉玉頹山飲罷風生兩腋醒魂到明月輪邊

歸來晚文君未寢相對小窻前

又

北苑春風方圭圓璧萬里名動京關碎身粉骨功合上凌煙罇俎風流戰勝降春睡開拓愁邊纖纖捧熬波濺乳金縷鷓鴣斑　相如方病酒一觴一詠賓友羣賢為扶起罇前醉玉頽山搜攪胸中萬卷還傾動三峽詞源歸來晚文君未寢相對小糚殘

又

明眼空青忘憂萱草翠玉閒淡梳粧小來歌舞長是倚
風光我已逍遥物外人究道别有思量難忘處良辰美
景襟袖有餘香 鴛鴦頭白早多情易感紅蓼池塘又
須得鐏前席上成雙眥子風流罪過都說與明月空牀
難拘管朝雲暮雨分付楚襄王

又

初綰雲鬟才勝羅綺便嫌柳巷花街占春才子容易託
行媒其奈風流債負煙花部不免差排劉郎恨桃花片

片流水惹塵埃　風流賢太守能籠翠羽宜醉金釵且留取垂楊掩映廳堦直待朱幡去後從伊便窄襪弓鞋知恩否朝雲暮雨還向夢中來

又

脩竹濃青新條淡綠翠光交映虛亭錦鴛霜露荷徑拾幽蘋香渡欄干屈曲紅粧映薄綺疎櫺風清夜橫塘月滿水淨見移星　堪聽微雨過婴姍藻荇瑣碎浮萍便移轉胡牀湘簟方屏練霽鱗雲旋滿聲不斷簷響風鈴

重開宴瑶池雪沁山露佛頭青

驀山溪

山圍江暮天鏡開晴絮斜影過梨花照文星老人星聚

清罇一笑歡甚却成愁別時襟餘點點疑是高唐雨

又

無人知處夢裏雲歸路回雁曉風清鴈不來啼鴂無數

心情老懶尤物解宜人春盡也有南風好便迴帆去

又　贈衡陽妓陳湘

鴛鴦翡翠小小思珍偶眉黛斂秋波盡湖南山明水秀
娉娉嫋嫋恰近十三餘春未透花枝瘦政是愁時候

又

尋芳載酒肯落誰人後只恐晚歸來綠成陰青梅如豆
心期得處每日不隨人長亭柳君知否千里猶回首

又

至宜州作贈陳湘

稠花亂葉到處撩人醉林下有孤芳不怱怱成蹊桃李
今年風雨莫送斷腸紅斜枝風塵裏不帶塵風氣

微嗔又喜約畧知春味江上一帆愁夢猶尋歌梁舞地
如今對酒不似那回時書謾寫夢來空只有相思是

又

山明水秀盡屬詩人道應是五陵兒見衰翁孤吟絶倒
一觴一詠瀟洒寄高閑松月下竹風間試想為襟抱
玉關遥指萬里天衢杳筆陣掃秋風瀉珠璣琅琅皎皎
卧龍智畧三詔佐昇平煙塞事玉堂心頻把菱花照

阮郎歸　曾敎文旣眄陳湘歌舞便出其類學書亦進來求小楷作阮郎歸詞付之也

盈盈嬌女似羅敷湘江明月珠起來綰髻又重梳弄粧仍學書　歌調態舞工夫湖南都不如他年未厭白髭鬚同舟歸五湖

又　效獨木橋體作茶詞

烹茶留客駐彫鞍有人愁遠山別郎容易見郎難月斜窻外山　歸去後憶前歡畫屏金博山一盃春露莫留殘與郎扶玉山

又　茶詞

歌停檀板舞停鸞高陽飲興闌獸煙噴盡玉壺乾香分
小鳳團雪浪淺露花圓捧甌春筍寒絳紗籠下躍金
鞍歸時人倚欄

又 茶詞

摘山初製小龍團色和香味全碾聲初斷夜將闌烹時
鶴避煙 消滯思解塵煩金甌雪浪翻只愁啜罷水流
天餘清攪夜眠

又

黔中桃李可尋芳摘茶人自忙月團犀胯鬭圓方研膏入焙香 青箬裹絳紗囊品高聞外江酒闌傳盌舞紅裳都濡春味長都濡地名

又

退紅衫子亂蜂兒衣寬只為伊為伊去得忒多時教人直是疑 長睡晚理粧遲愁多懶畫眉夜來算得有歸期燈花則甚知

又

貧家春到也騷騷瓊漿注小槽老夫不出長蓬蒿鄰墻開碧桃　木芍藥品題高一枝煩剪刀傳盃猶似少年豪醉紅侵雪毛

風波定　次高左藏使君韻

萬里黔中一漏天屋居終日似乘船及至重陽天也霽催醉鬼門關近蜀江前　莫笑老翁猶氣岸君看幾人白髮上華顛戲馬臺前追兩謝馳射風情猶拍古人肩

又

把酒花前欲問溪問溪何事晚聲悲名利往來人盡老誰道溪聲今古有休時　且共玉人斟玉醑休訴笙歌一曲蛾眉低情似長溪長不斷君看水聲東去月輪西

又

小院難圖雲雨期幽懽渾待賞花時到得春來君却去相誤不須言語淚雙垂　密約罇前難囑付偷顧手搓金檳斂雙眉庭榭清風明月媚須記歸時莫恃杏花飛

又　次高左藏韻

自斷此生休問天白頭波上泛膠船老去文章無氣味
憔悴不堪驅使菊花前　聞道使君攜將吏高會參軍
吹帽晚風顛千騎插花秋色暮歸去翠娥扶入醉時肩

又

晚歲監州聞荔枝赤英垂墜壓欄枝萬里來逢芳意歇
愁絕滿盤空憶去年時　澗草山花光照座春過等閒
枯李又纍纍辜負寒泉浸紅皺銷瘦有人花病損香肌

又

准擬堦前摘荔枝今年歇盡去年枝莫是春光厮料理無比譬如痎瘧有休時　碧甃朱欄情不淺何晚來年枝上報纍纍雨後園林坐清影蘇醒紅裳剝盡看香肌

又

上客休辭酒淺深素兒歌裏細聽沉粉面不須歌扇掩閒靜一聲一字總關心　花外黄鸝能密語休詐有花能得幾時斟畫作遠山臨碧水明媚夢為蝴蝶去登臨

又　客有兩新鬟善歌請作送酒曲因戲前二物

歌舞闌珊退晚粧主人情重更留湯冠帽斜欹辭醉去邀定玉人纖手自磨香 又得樽前聊笑語如許短歌宜舞小紅裳寶馬促歸朱戶閉一云醉裏還家明亦未人睡夜來應恨月侵牀

浪淘沙 題荔枝

憶昔謫巴蠻荔子親攀冰肌照映柘枝冠日擘輕紅三百顆一味甘寒 重入鬼門關也似人間一雙和葉插雲鬟賴得清湘燕玉面同倚闌干

看花迴 茶詞

夜永蘭堂醺飲半倚頽玉爛熳墜鈿墮履是醉時風景花暗燭殘懽意未闌舞燕歌珠成斷續催茗飲旋煮寒泉露井缾竇響飛瀑 纖指緩連環動觸漸泛起滿甌銀粟香引春風在手似粵嶺閩溪初采盈掬暗想當時探春連雲尋篁竹怎歸得鬢將老付與盃中綠

惜餘懽 茶詞

四時美景正年少賞心頻啓東閣芳酒載盈車喜朋侶

簪合盃觴交飛勸酬獻正酣飲醉主公陳榻坐來爭奈玉山未頽與尋巫峽　歌闌旋燒絳蠟況漏轉銅壺煙斷香鴨猶整醉中花借纖手重插相將扶上金鞍騕褭碾春焙願少延懽洽未須歸去重尋艷歌更留時霎

撼庭竹　宰太和日吉即城外作

嗚咽南樓吹落梅聞鴉樹驚飛夢中相見不多時隔城今夜也應知一作人相思　坐久水空碧山月影沈西　買箇宅兒住著伊剛不肯相隨如今却被天嗔你永落雞羣

受鷄欺空恁惡恰伊風日損花枝

醉落魄 舊有醒醉醒醒醉一曲云醉醒醒醒醉憑君會取些滋味濃斟琥珀香浮蟻一入愁腸便有陽春意須將幕席為天地歌前起舞花前睡從他兀兀陶陶裡猶勝醒醒惹得閒憔悴此曲亦有佳句而多斧鑿痕又語高下不甚入律或傳是東坡語非也與蝸角虛名觧下癡像之曲相似疑是王仲父作因戲作二篇呈吴元祥黄中行似能厭道二公意中事

陶陶兀兀鐏前是我華胥國爭名爭利休休莫雪月風花不醉怎歸得　邯鄲一枕誰憂樂新詩新事因閒適東山小事攜絲竹家裏樂天村裏謝安石 石曼卿自嘲云村裏黄繙

綽家中白水郎

又

陶陶兀兀人生無累何由得盃中三萬六千日悶損旁觀我但醉落托　扶頭不起還頹玉日高春睡平生足誰門可欵新蒭熟安樂春泉玉醴荔支綠親賢宅四酒名

又　老夫止酒十五年矣到戎州恐惟瘴癘所侵故舉一盃不相察者乃強見酌遂能作病因復止酒用前韻作二篇呈吳元祥

陶陶兀兀人生夢裏槐安國教公休醉公但莫盞倒垂蓮一笑是贏得　街頭酒賤民聲樂尋常行處逢歡適醉看簷雨森銀燭我欲憂民渠有二千石

又

陶陶兀兀醉鄉路遠歸不得心情那似當年日割愛金荷一盌淡不托　異鄉薪桂炊香玉摩挲經笥須知足明年小麥能秋熟不管經霜點盡鬢邊緣

又

蒼顔華髮故鄉歸路無因得舊交新貴音書絶唯有家人猶作慇懃别　離亭欲去歌聲咽瀟瀟細雨凉生頰淚珠不用羅巾裛彈在羅衣圖得見時説

西江月　老夫既戒酒不飲遇宴集獨醒其傍坐客欲得小詞援筆為賦

斷送一生唯有破除萬事無過遠山微影蘸横波不飲傍人笑我　花病等閑瘦惡春來没箇遮闌盃行到手莫留殘不道月斜人散

又 茶詞

龍焙頭綱春早谷簾第一泉香已醺浮蟻嫩鵝黃想見翻匙雪浪　兎褐金絲寶盌松風蟹眼新湯無因更發次公狂甘露從來仙掌

又

崇寧甲申遇惠洪上人於湘洪作長短句見贈云大廈吞風吐月小舟坐水眠空霧窻春色翠如葱睡起雲濤正擁往事回頭笑處此生彈指聲中玉牋佳句敏驚鴻聞道衡陽價重次韻

酬之時余方謫宜陽而洪歸分寧龍安

月側金盆墮水鴈回醉墨書空君詩秀色雨園葱想見

衲衣寒擁　蟻穴夢魂人世楊花踪跡風中莫將社燕

等秋鴻處處春山翠重

又

別夢已隨流水淚巾猶裛香泉相如依舊是癯仙人在

瑤臺閬苑　花霧縈風縹緲歌珠滴水清圓蛾眉新作

十分妍去馬歸來便面

又

宋玉短墻東畔桃源落日西斜濃粧下著繡簾遮鼓笛相催清夜　轉眄驚翻長袖低佪細踏紅靴舞餘猶顫滿頭花嬌學男兒拜謝

木蘭花令　當塗解印後一日郡中置酒呈郭功甫

凌歊臺上青青麥姑熟堂前餘翰墨暫分一印管江山稍為諸公分皂白江山依舊雲空碧昨日主人今日客

誰分賓主强惺惺問取磯頭新婦石

又　竄易前詞

翰林本是神仙謫落帽風流傾坐席坐中還有賞音人
能岍烏沙傾大白江山依舊雲横碧昨日主人今日客
誰分賓主强惺惺問取磯頭新婦石

又　次前韻再呈功甫

青壺乃似壺中謫萬象光輝森宴席紅塵鬧處便休休
不是箇中無皂白歌煩舞倦朱成碧春草池塘淩謝客

共君商畧老生涯歸種玉田秧白石

又 庚元鎮兄與庭堅四十年翰墨故人庭堅假守當塗元鎮窮不出入州縣席上作樂府長句

勸酒

庚郎三九常安樂使有萬錢無處著徐熙小鴨水邊花明月清風都占却朱顔老盡心如昨萬事休休休莫莫罇前見在不饒人歐舞梅歌君更酌歐梅當時二妓也

又用前韻贈郭功甫

少年得意從軍樂晚歲天教閒處著功名富貴久寒灰翰墨文章新諱却是非不用分令昨雲月孤高公也莫喜歡為地醉為鄉飲客不來但自酌

又

風開氷面魚鱗皺暎入芳心犀點透乍看晴日弄柔條憶得章臺人姓柳心情老大癡成就不復淋浪沾翠袖早梅獻笑尚窺鄰小窓竊香如遺壽

又

東君未試雷霆手灑雪開春春鎖透帝臺應點萬年枝
窮巷偏欺三徑柳峰排羣玉森相就中有摩圍為領袖
凝香窻下與誰看一曲琵琶千萬壽

又

新年何許春光漏小院閉門風日透酥花入座頗欺梅
雪絮因風全是柳使君落筆春詞就應喚歌檀催舞袖
得開眉處且開眉人世可能金石壽

又

黃金捍撥春風手簾幕重重音韻透梅花破萼便春回
似有黃鸝鳴翠柳曉粧未愜梅添就玉笋捧盃離細袖
會揀千日笑罇前他日相思空損壽

又

黔中士女遊晴晝花信輕寒羅綺透爭尋穿石道宜男
更買江魚雙貫柳竹枝歌好移舡就依倚風光垂翠袖
滿傾蘆酒指摩圍相守與郎如許壽

又

可憐翡翠隨鷄走學綰雙鬟年紀小見來行待惡憐伊心性嬌癡空解惱紅蘘照映霜林末楊柳舞腰風嫋嫋衾餘枕賸 闕

品花 送黔守曹

敗葉霜天曉漸鼓吹催行棹無成桃李未開便解銀章歸去取麒麟圖畫要及年少 勸君醉倒別語怎醒時道楚山千里暮雲鎮鎖離人懷抱記取江州司馬座中最老

又 茶詞

鳳舞團團餅恨分破教孤令金渠體淨隻輪慢碾玉塵光瑩湯響松風早減了二分酒病　味濃香永醉鄉路成佳境恰如燈下故人萬里歸來對影口不能言心下快活自省

雨中花　送彭文思使君

政樂中和夷夏宴喜官梅乍傳消息待新年歡計斷送春色桃李成陰甘棠少訟又移旌戟念畫樓朱閣風流

高會頻聆談麈 西州縱有舞裙歌板誰共茗邀棋敵
歸來未得先雲離袖管絃催滴樂事賞心易散良辰美
景難得會須醉倒玉山扶起更傾春碧

洞仙歌 瀘守王補之生日

月中丹桂自風霜難老閱盡人間盛衰草望中秋才有
幾日十分圓霾風雨雲表常如永晝 不得文章力白
首防秋誰念雲中正功守正注意得人雄靜掃河西應
難指五湖歸棹問持節馮唐幾時來看再策勳名印窠

如斗

念奴嬌 八月十七日同諸生步自永安城樓時雨霽憑闌待月偶有壺酒因以金荷酌衆客客有孫玉立善吹笛援筆作樂府長短句文不加點

斷虹霽雨淨秋空山染修眉新綠桂影扶疎誰便道今夕清輝不足萬里青天常娥何處駕此一輪玉寒光零亂為誰偏照醽醁 年少隨我追涼晚尋幽徑遶張園

森木醉倒金荷家萬里難得罇前相屬老子平生江南江北最愛臨風曲孫郎微笑坐來聲噴霜竹

醉蓬萊

對朝雲靉靆暮雨霏微翠峰相倚巫峽高唐鎖楚宫佳麗畫戟移春靚粧迎馬向一川都會萬里投荒一身弔影成何歡意　盡道黔南去天尺五望極神州萬里煙水罇酒公堂有中朝佳士荔頰紅深麝臍香滿醉舞裀歌袂杜宇催人聲聲到曉不如歸是

又 竄易前詞

對朝雲靉靆暮雨霏微翠峰相倚巫峽高唐鎖楚宮佳麗蘸水朱門半空霜戟自一川都會美酒千盃酣歌百轉迫人垂淚 人道黔南去天尺五望極神京萬種煙水懸榻相迎有風流千騎荔頰紅深麝臍香滿醉舞裀歌袂杜宇催人聲聲到曉不如歸是

江城子

畫堂高會酒闌珊倚欄干要時間千里關山常恨見伊

難及至而今相見了依舊似隔關山　倩人傳語問平安省愁煩淚休彈哭損眼兒不似舊時單尋得石榴雙葉子憑寄與插雲鬟

又

新來曾被眼奚搐不甘伏怎拘束似夢還真煩亂損心曲見面暫時還不見看不足惜不足　不成歡笑不成哭戲人目遠山蹙有分看伊無分共伊宿一貫一文蹺十貫千不足萬不足

逍遥樂

春意漸歸芳草故國佳人千里信沉音杳雨潤煙光晚景澄明極目危欄斜照夢當年少對罇前上客鄒枚小鬟燕趙共舞雪歌塵醉裏談笑　花色枝枝爭好鬢絲年年漸老如今遇風景空瘦損向誰道東君幸賜與天幕翠遮紅遶休休醉鄉岐路華胥蓬島

離亭燕　次韻答黎功畧見寄

十載罇前談笑天祿故人年少可是陸沉英俊地看即

鎖窻批詔此處忽相逢潦倒秃翁同調　西顧郎官湖渺爭看庾樓人小短艇絕江空悵望寄得詩來高妙夢去倚君傍蝴蝶歸來清曉

歸田樂引

暮雨濛堦砌漏漸移轉添寂寞點點心如碎怨你又戀你恨你惜你畢竟教人怎生是　前歡筭未已奈向如今愁無計為伊聰俊銷得人憔悴這裡誚睡裏一作夢裏夢裏心裏一向無言但垂淚

又

對景還銷瘦被個人把人調戲我也心兒有憶我又喚
我見我嗔我天甚教人怎生受　看承幸廝勾又是樽
前眉峰皺是人驚怪寃我忒撋就拚了又捨了定是這
回休了及至相逢又依舊

歸田樂令

引調得甚近日心腸不戀家寧寧地思量他思量他兩
情各自肯甚忙咱意思裏莫是賺人唦噷奴真個嗏共

人嘚

望遠行　勾尉有所眄爲太守所猜無此生有所愛住馬湖馬湖出丁香核荔支常以遺生故戲及之

自見來虛過郤好時好日這訑尿粘膩得處煞是律據眼前言定也有十分七八寃我無心除告佛　管人閒底且放我快活嘚便索些別茶祇待又怎不遇偎花映月且與一斑半點只怕你没丁香核

步蟾宫

蟲兒真個惡靈利惱亂得道人眼起醉歸來恰似出桃源但目斷落花流水　不如隨我歸雲際共作箇住山活計照清溪匀粉面揷山花筭終勝風塵滋味

鼓笛令　戲詠打揭

酒闌命友閒爲戲打揭兒非常愜意各自輸贏只賭是賞罰采分明須記　小五出來無事却跋翻和九底若要十一花下死那管十三不如十二

又

寳犀未解心先透惱殺人遠山微皺意淡言疎情最厚枉教作着行官柳　小雨勒花時候抱琵琶為誰清瘦翡翠金籠思珎偶忽拚與山鷄僝僽

又

見来兩個寧寧地眼廝打過如拳踢恰得嘗些香甜底苦殺人遭誰調戲　臘月望川坡上地凍着你影䑯村鬼你但那些一處睡燒沙糖管好滋味

又

見來便覺情於我厮守着新來好過人道他家有婆婆與一口管教𡱁磨　副靖傳語木大鼓兒裏且打一和更有些兒得處囉燒沙糖香藥添和

好女兒　張寬夫園賞梅

小院一枝梅衝破曉寒開偶到張園遊戲沾袖帶香回　玉酒覆銀盃盡醉去猶待重來東鄰何事驚吹怨曲

雪片成堆曲一作笛

又

春去幾時還問桃李無言燕子歸棲風勁梨雪亂西園
唯有月嬋娟似人人難近如天願教清影常相見更
乞取團圓

又

粉淚一行行啼破曉來粧懶撃酥胸羅帶羞見繡鴛鴦
擬待不思量怎奈向目下悽惶假饒來後教人見了
却去何妨

踏莎行

畫鼓催春蠻歌走餉火前一焙争春長低株摘盡到高株高株别是閩溪様 碾破春風香凝午帳銀瓶雪衮翻匙浪今宵無睡酒醒 闕 江上

又

臨水夭桃倚墻繁李長楊風掉青驄尾罇中有酒且酬春更尋何處無愁地 明日重來落花如綺芭蕉漸展山公啓欲將心事寄天公教人長壽花前醉

採桑子　送彭道微使君移知永康軍

荔枝灘上留千騎桃李陰繁宴寢香閣畫戟森森鎮八蠻　永康又得風流守管領江山少訟多閒煙靄樓臺舞翠鬟

又

虛堂密候參同火梨棗枝繁深鎖三關不要樊姬與小蠻　遥知風雨更闌夜猶夢巫山濃麗清閒曉鏡新粧十二鬟

又

投荒萬里無歸路雪點鬢繁度鬼門關已拚兒童作楚蠻黃雲苦竹啼歸去繞荔枝山蓬戶身閒歌板誰家教小鬟

又

馬湖來舞叙初賜笳鼓聲繁賢將開閫威竦西山公詔蠻南溪地逐名賢重深鎖犀山燕喜公閒一斛明珠兩小鬟

又 戲贈黄中行

宗盟有妓能歌舞宜醉罇罍待約新醅車上危坡盡要推 西鄰三弄爭秋月邀勒春回個裏聲催鐵樹枝頭花也開

又

夜來酒醒清無夢愁倚闌干露滴輕寒雨行芙蓉淚不乾 佳人别後音塵悄銷瘦難拚明月無端已過江樓十二間

又

櫻桃着子如紅豆不管春歸聞道開時蜂惹香鬚蝶惹衣　樓臺燈火明珠翠酒戀歌迷醉玉東西歩個人人暖被攜

又

城南城北看桃李依倚年華楊柳藏鴉又是無言飄落花　春風一面長含笑偷顧羞遮分付誰家把酒花前試問他

鵲橋仙　次東坡七夕韻

八年不見清都絳闕望銀漢溶溶漾漾（銀一作河）年年牛女恨風波筭此事人間天上　野麋豐草江鷗遠水老天唯便疎放百錢端往問君平早晚具歸田小舫

又　席上賦七夕

朱樓彩舫浮瓜沈李報答春風有幾一年罇酒暫時同別淚作人間曉雨　鴛鴦幾綜能令儂巧也待乘槎仙去若逢海上白頭翁共一舫癡牛騃女

醜奴兒

得意許多時長醉賞月下花枝暴風急雨年年有金籠

鎖定鶯鶵燕友不被鷄欺　紅旆轉逶迤悔無計千里

追隨再來重綰瀘南印而今目下悽惶怎向日永春遲

又

濟楚好得些憔悴損都是因他那回得句閒言語傍人

盡道你管又還鬼那人唦　得過口兒嘛直勾得風了

自家是即好意也毒害你還甜殺人了怎生申報孩兒

菩薩蠻　王荆公新築草堂於半山引八功德水作小港其上壘石作橋為集句云數間茅屋閒臨水窄衫短帽垂楊裏花是去年紅吹開一夜風梢梢新月偃午醉醒來晚何物最關情黄鸝三兩聲戲效荆公作

半烟半雨溪橋畔漁翁醉著無人喚踈懶意何長春風花草香　江山如有待此意陶潛解問我去何之君行到自知

又　泊平山堂寒食節固陵錄事叅軍表弟周元

固惠酒為作此

細腰宫外清明雨雲陽臺上烟如縷雲雨暗巫山流水

殊未還　阿誰知此意解遣雙壺至不是白頭新周郎

舊可人

鷓鴣天　表弟李如箎云玄真子漁父語以鷓鴣

天歌之極入律但少數句耳因以玄真子遺事

足之憲宗時畫玄真子像訪之江湖不可得因

令集其歌詩上之玄真之兄松齡懼玄真放浪而不返也和答其漁父云樂在風波釣是閑草堂松桂已勝攀大湖水洞庭山狂風浪起且須還此余續成之意也

西塞山邊白鳥飛桃花流水鱖魚肥朝廷尚覓玄真子何處如今更有詩　青箬笠綠蓑衣斜風細雨不須歸人間底事風波險一日風波十二時

又　重九集句

塞鴈初來秋影寒霜林風過葉聲乾龍山落帽千年事

我對西風猶整冠　蘭委佩菊堪飡人情時事半悲歡

但將酩酊酬佳節更把茱萸子細看

又坐有眉山隱客史應之和前韻即席荅之

黄菊枝頭生曉寒人生莫放酒盃乾風前横笛斜吹雨

醉裏簪花倒著冠　身健在且加飡舞裙歌板盡情懽

黄花白髮相牽挽付與傍人冷眼看

又明日獨酌自嘲呈史應之

萬事令人心骨寒故人墳上土新乾溪坊酒肆閒居士
李下何妨也整冠　金作鼎玉為飱老來亦失少時懽
茱萸菊蕊年年事十日還將九日看

又

紫菊黄花風露寒平沙戲馬雨聲乾且看欲盡花經眼
依說彈冠與整冠　甘酒病廢朝飱何人得似醉中懽
十年一覺揚州夢為報時人洗眼看

又

節去蜂愁蝶不知曉庭環繞折殘枝自然今日人心别
未必秋香一夜衰　無閒事即芳期菊花須插滿頭歸
宜將酩酊酬佳節不用登臨送落暉

又

聞說君家有翠蛾施朱施粉總嫌多背人語處藏珠履
覷得羞時釐玉梭　拖逺袖壓横波何時傳酒更傳歌
為君寫就黄庭了不要山陰道士鵝

又

吉祥僧說長松湯為作有僧病痂癩嘗死金

剛窟有人見者教服長松湯遂復爲完人

湯泛氷甕一坐春長松林下得靈根吉祥老子親拈出箇箇教成百歲人　燈焰焰酒醺醺登源曾未醒吟魂與君更把長生盌罍爲清歌駐白雲

少年心

對景惹起愁悶染相思病成方寸是阿誰先有意阿誰薄倖斗頓恁少喜多嗔　合下休傳音問你有我我無你分似合歡桃核真堪人恨心兒裏有兩箇人人

又添字

心裏人人暫不見霎時難過天生你要憔悴我把心頭從前鬼着手婆娑抖擻了百病銷磨　見說那厮脾鱉熱大不成我便與拆破待來時鬲上與厮噉則個温存着且教推磨

減字木蘭花　登巫山縣樓作

襄王夢裏草綠煙深何處是宋玉臺頭暮雨朝雲幾許愁　飛花漫漫不管羇人腸欲斷春水茫茫要渡南陵

更斷腸

又　距施州二十里張仲謀遣騎相迎因送所和樂府來且約近郊相見復用前韻先往

史君那裏千騎塵中依約是拂我眉頭無處重尋庾信愁　山雲瀰漫夾道旌旗聯復斷萬事茫茫分付澄波與爛腸

又　巫山追懷老杜

巫山古縣老杜淹留情始見攙悶題詩千古神交世不

知雲山臺下更值清明風雨夜知道愁星果是當時
作賦人
又 次韻趙文儀
詩翁才刃曾陷文場貔虎陣誰敢當哉況是焚舟決勝
來 三巴春杪客館夢回風雨曉胷次峥嶸欲共濤頭
赤甲平
又
蒼崖萬仞下有奔雷千百陣自古危哉誰遣西園滑歷

來（渭音習影也）猿啼雲抄破夢一聲巫峽曉苦喚愁生不是西園作麼平

又

餘寒爭令雪共臘梅相照映昨夜東風已出耕牛勸歲功　陰陰冪冪近覺去天無幾尺休恨春遲桃李梢頭次第知

又

終宵忘寐好事如何猶尚未子細沈吟珠淚盈盈濕袖

襟　與君別也願在郎心莫暫捨記取盟言聞早回程

却再圓

又　丙子仲秋陪黔湯曹使君伯達翫月作減字

木蘭花兼簡施州張使君仲謀

中秋多雨常是罇罍狼籍去今夜雲開須道姮娥得得

來　不知雲外還有清光同此會笛在層樓聲徹摩圍

頂上頭

又

中秋無雨醉送月啣西嶺去笑口須開幾度中秋見月來 前年江外兒女傳杯兄弟會此夜登樓小謝清吟慰白頭

又

濃陰驟雨巫峽有情來又去今夜天開不與姮娥作伴來 清光無外白髮老人心自會何處歌樓貪看氷輪不轉頭

又 丙子秋黔守席上客有舉岑嘉州中秋詩曰

今夜鄜州月閨中只獨看遥憐小兒女未解憶長安因戲作

舉頭無語家在月明生處住擬上摩圍最上峰頭試望之偏憐終秀苦淡同甘誰更有想見牵衣月到愁邉總未知

又戲答

月中笑語萬里同依光景住天水相圍相見無因夢見之諸兒娟秀儒學傳家渠自有自作秋衣漸老先寒

人未知

又 用前韻示知命弟

當年夜雨頭白相依無去住兒女成團歡笑罇前月照之　阿連高秀千萬里來忠孝有豈謂無衣歲晚先寒要弟知

清平樂

黃花當戶已覺秋容暮雲夢南州逢笑語心在歌邊舞處　使君一笑眉開新晴照酒罇來且樂罇前見在休

思走馬章臺

又

休推小戶看即風光暮芙糝菊英浮盌醑親賢宅酒名報答風光有處　幾回笑口能開少年不肯重來借問牛山繫馬今為誰姓池臺

又

舞鬟娟好白髮黃花帽醉任傍觀嘲潦倒扶老偏宜年小舞囬臉玉胸酥纏頭一斛明珠日日梁州薄媚年

年金菊茱萸

又 示知命

乍晴秋好黄菊欹烏帽不見清談人絶倒更憶添丁小小蜀娘謾點花酥酒曹空滴真珠兄弟四人别住他年同揷茱萸

又

春歸何處寂寞無行路若有人知春去處喚取歸來同住　春無蹤跡誰知除非問取黄鸝百囀無人能解因

風葟薇

又

氷堂酒好只恨銀盃小新作金荷工獻巧圖要連臺拗倒唐龍朔中了毋相去連臺拗倒俗為盃盤為了毋又盤為臺 採蓮一曲清歌急檀催卷金荷醉裏香飄睡鴨更驚羅襪凌波

點絳唇　重九日寄懷嗣直弟時雨涪陵用東坡餘杭九日點絳唇舊韻二首

濁酒黃花畫簾十日無秋燕夢中相見似作枯禪觀

鏡裏朱顏又減心情半江山遠登高人健寄語東飛鴈

又

幾日無書舉頭欲問西來燕世情夢幻復作如斯觀

自歎人生分合常相半戎雖遠念中相見不托魚和鴈

又

羅帶雙垂妙香長恁攜纖手半粧紅豆各自相思瘦

聞道伊家終日眉兒皺不能勾泪珠輕溜裛損揉藍袖

謁金門　示知命弟

山又水行盡吳頭楚尾兄弟燈前家萬里相看如夢寐
君似成蹊桃李入我草堂松桂莫厭歲寒無氣味餘
生吾已矣

南鄉子 重九日涪陵作示知命弟

落帽晚風回又報黃花一番開扶杖老人心未老堪咍
謾有才情付與誰 芳意正徘徊傳語西風且慢吹明
日餘罇還共倒重來未必秋香一夜衰

又 今年重九知命向成都感之復次前韻

招喚欲千回暫得罇前笑口開萬水千山還歷去悠哉
酒向黄花欲醉誰　顧影且徘徊立到斜風細雨吹見
我未衰容易去還來不道年年即漸衰

又

未報賈舡回三徑荒鋤菊臥開想得鄰舟野笛罷沾衣
不爲涪翁更爲誰　風力嫋萸枝酒面紅鱗慳細吹莫
笑插花和事老摧頽却向人間耐盛衰

又

黄菊滿東籬與客携壺上翠微已是有花兼有酒良期不用登臨望落暉　滿酌不須辭莫待無花空折枝寂寞酒醒人散後堪悲節去蜂愁蝶不知

又　重陽寄懷永康彭道微使君用東坡韻

臥稻雨餘收處處遊人簇遠洲白髮又挨紅袖醉戎州亂摘黄花揷滿頭　青眼想風流畫出西樓一派秋却憶去年歡意舞梁州塞鴈西來特地愁

又　重陽宣州城樓宴集即席作

諸將説風流短笛長歌獨倚樓萬事盡隨風雨去休休
戲馬臺南金絡頭　催酒莫遲留酒味今秋似去秋花
向老人頭上笑羞羞白髮簪花不解愁

南歌子

槐綠低窻暗榴紅照眼明玉人邀我少留行無柰一帆
烟雨畫舡輕　柳葉隨歌皺梨花與淚傾別時不似見
時情今夜月明江上酒初醒

又

詩有淵明語歌無子夜聲論文思見老彌明坐想羅浮山下羽衣輕 何處黔中郡遥知隔晚晴雨餘風急斷虹横應夢池塘春草若為情

又 東坡過楚州見淨慈師作南歌子用其韻贈郭詩翁二首

郭大曾名我劉翁復是誰入廛能作和鑼椎特地干戈相待使人疑 秋浦横波眼春窻遠岫眉補陁巖畔夕陽遲何似金沙灘上放憨時

又

萬里滄江月清波說向誰頭門須更下金椎只恐風驚

草動又生疑　金鴈斜粧頰青螺淺畫眉庖丁有底下

刀遲直要人牛無際是休時

更漏子　詠餘甘湯

庵摩勒西土果霜後明珠顆顆憑玉兔擣香塵稱為席

上珍　號餘甘無奈苦臨上馬時分付管回味郤思量

忠言君但嘗

又

體妖嬈鬟婀娜玉甲銀箏照座危柱促曲聲殘王孫帶笑看　休休休莫莫莫愁撚個絲中索了了了玄玄玄山僧無盌禪

好事近　湯詞

歌罷酒闌時瀟灑座中風色主禮到君須盡奈賓朋南北　暫時分散揔尋常難堪久離拆不似建溪春草解留連佳客

又 太平州小妓楊姝彈琴送酒

一弄醒心絃情在兩山斜疊彈到古人愁處有真珠承睫 使君來去本無心休淚界紅頰自恨老來憎酒負十分金葉

又

不見片時霎魂夢鎮相隨着因甚近新無據誤竊香深約 思量模樣忔憎兒惡又怎生惡終待共伊相見與佯佯奚落

欽定四庫全書

調笑 并詩補云

海上神仙字太真昭陽殿裡稱心人猶思一曲霓裳舞散作中原車馬塵方士歸來說風度梨花一枝春帶雨分釵半鈿愁殺人上皇倚欄獨無語

詞

無語恨如許方士歸時腸斷處梨花一枝春帶雨半鈿分釵親付天長地久相思苦渺渺鯨波無路

喝火令

見晚情如舊交疎分已深舞時歌處動人心煙水數年
魂夢無處可追尋　昨夜燈前見重題漢上襟便愁雲
雨又難尋曉也星稀曉也月西沈曉也鴈行低度不會
寄芳音

留春令

江南一鴈横秋水嘆咫尺斷行千里回紋機上字縱横
欲寄遠憑誰是　謝客池塘春都未微微動短墻桃李
半陰才暝却清寒是瘦損人天氣

宴桃源 書趙伯充家小姬領巾

天氣把人僝僽落絮遊絲時候茶飰可曾炊一本云去歲迷藏花柳恰恰如今時候心緒幾曾忺鏡中贏得銷瘦生受生受更被養娘催繡

雪花飛

攜手青雲路穩天聲迤邐傳呼袍笏恩章乍賜春滿皇都何處難忘酒瓊花照玉壺歸嫋絲梢競醉雪舞郊衢

下水船

總領神仙侶齊到青雲岐路舟禁風微咫尺諦聞天語盡榮遇看即如龍變化一擲靈梭風雨　真遊處上苑尋春去芳草芊芊迎步幾曲笙歌櫻桃艷裏懽聚瑶觴舉回祝堯齡萬萬端的君恩難負

賀聖朝

脫霜披茜初登第名高得意櫻桃榮宴玉墀遊領羣仙行綴　佳人何事輕相戲道得之何濟君家聲譽古無

雙且均平居二

青玉案　至宜州次韻上酬七兄

煙中一線來時路極目送歸鴻去第四陽關雲不度山胡新囀子規言語正在人愁處　憂能損性休朝暮憶我當年醉時句舊詩云我自只如常日醉滿川風月替人愁渡水穿雲心已許暮年光景小軒南浦同捲西山雨

又　寅菴解䑓實穽作令附此

行人欲上來時路破曉霧輕寒去隔葉子規聲暗度十

分酒滿舞裀歌袖沾液無尋處　故人近送旌旗暮但聽陽關第三句欲斷離腸餘幾度踏殘星月看人憔悴燭淚垂如雨

沁園春

把我身心為伊煩惱算伊便知恨一回相見百方尋計未能偎倚早覔東西鏡裏拈花水中捉月覷着無由得近伊添憔悴鎮花銷翠減玉瘦香肌　奴兒又有行期你去即無妨我共誰向眼前常見心猶未足怎生禁得

真箇分離地角天涯我隨君去掘井為盟無改移君須是做些乂兒相度莫待臨時

千秋歲 少游得謫嘗夢中作詞云醉卧古藤陰下了不知南北竟以元符庚辰死於藤州光華亭上崇寧甲申庭堅竄宜州道過衡陽覽其遺墨始追和其千秋歲詞

花邊花外記得同朝退飛騎軋鳴珂碎齊歌雲繞扇趙舞風回帶嚴鼓斷盃盤狼籍猶相對 洒淚誰能會醉

卧藤陰蓋人已去詞空在兎園高宴梢虎觀英遊改重感慨波濤萬頃珠沈海

又

世間好事恰恁厮當對清夜乗涼天氣雨稀簾外滴香篆盤中字長入夢如今見也分明是　歡極嬌無力玉軟花欹墜釵罥袖雲堆臂燈斜明媚暈汗浹瞢騰醉奴奴睡奴奴睡也奴奴睡

河傳　有士大夫家歌秦少游瘦殺人天不管之

曲以好字易瘦字戲為之作

心情老懶對歌對舞猶是當時眼巧笑靚粧近我衰容華鬢似扶着賣卜算 思量好箇當年見催酒催更只怕歸期短飲散燈稀背鎖落花深院好殺人天不管

望江東

江水西頭隔煙樹望不見江東路思量只有夢來去更不怕江闌住 燈前寫了書無數算沒箇人傳與直饒尋得鴈分付又還是秋將暮

桃源憶故人

碧天露洗春容淨淡月曉收殘暈花上密煙飄盡花底鶯聲嫩 雲歸楚峡厭厭困雨㸃遥山新恨和淚暗彈紅粉生怕人來問

卜算子

要見不得見要近不得近試問得君多少憐管不解多於恨 禁止不得淚忍管不得悶天上人間有底愁向箇裡都諳盡

蝶戀花

海角芳菲留不住筆下風生吹入青雲去仙籍有名天賜與致君事業安排取　要識世間平坦路當使人人各有安身處黑髮便逢堯舜主笑人白首耕南畆

漁家傲　予嘗戲作詩云大葫蘆挈小葫蘆惱亂檀耶得便沽每到夜深人靜後小葫蘆入大葫蘆又云大葫蘆乾枯小葫蘆行沽一住金僊宅一住黄公壚有此通大道無此令人老不問惡

與好兩葫蘆俱倒或請以此意倚聲律作詞使人歌之爲作漁家傲

踏破草鞋參到老等閒拾得衣中寶遇酒逢花須一笑長年少俗人不用嗔貧道　是處青旗誇酒好醉鄉路上多芳草提著葫蘆行未到風落帽葫蘆却纏葫蘆倒

又

江寧江口阻風戲效寶寧勇禪師作古漁家傲

王環中云廬山中人頗欲得之試思索始記四篇

萬水千山來此土本提心印傳梁武對朕者誰渾不顧成死語江頭暗折長蘆渡　面壁九年看二祖一花五葉親分付隻履提歸親領去君知否分明忘却來時路

又

三十年來無孔竅幾回得眼還迷照一見桃花參學了呈法要無絃琴上單于調　摘葉尋枝虚半老拈花特地重年少今後水雲人欲曉非玄妙靈雲合破桃花笑

又

憶昔藥山生一虎華亭船上尋人渡散却夾山拈坐具呈見處繫驢橛上合頭語　千尺垂絲君看取離鉤三寸無生路驀口一橈親子父猶回顧瞎驢喪我兒孫去

又

百丈峰頭開古鏡馬鉤踏殺重蘇醒接得古靈心眼淨光炯炯歸來藏在袈裟影　好箇佛堂佛不聖祖師沈醉猶看鏡却與斬新提祖令方猛省無聲三昧天皇餅

浣溪沙

飛鵲臺前暈翠蛾千金新買帝青螺最難如意為情多幾處淚痕留醉袖一春愁思近橫波遠山低盡不成歌

又

一葉扁舟捲畫簾老妻學飲伴清談人傳詩句滿江南林下猿垂窺滌硯巖前鹿卧看收帆杜鵑聲亂水如環

又

張志和漁父詞云西塞山前白鳥飛桃花流水鱖

魚肥青篛笠綠蓑衣斜風細雨不須歸此語妙
絕恨今人莫能歌者故增數語令以浣溪沙歌
之
西塞山邊白鳥飛散花洲外片帆微桃花桃水鱖魚肥
自庇一身青篛笠相隨到處綠蓑衣斜風細雨不須歸
又
新婦磯頭眉黛愁女兒浦口眼波秋驚魚錯認月沈鈎
青箬笠前無限事綠蓑衣底一時休斜風細雨轉船

頭

訴衷情

小桃灼灼柳鬖鬖春色滿江南雨晴風暖煙淡天氣正醺酣 山潑黛水挼藍翠相攙歌樓酒旆故故招人權典青衫

又 在戎州登臨勝景嘗作歌漁父家風以謝江山門生請問先生家風如何為擬金華道人作此章

一波纔動萬波隨蓑笠一鉤絲金鱗政在池深處千尺也須垂　吞又吐信還疑上鉤遲水寒江淨滿目青山載月明歸

又

旋揎玉指著紅靴宛宛鬭彎訛天然自有殊態供愁黛不須多　分遠岫壓橫波妙難過自欹枕處獨倚欄時不奈顰何

又

珠簾繡幕卷輕霜呵手試梅粧都緣自有離恨故畫作遠山長　思往事惜流水恨難忘未歌先歛欲笑還顰最斷人腸

晝夜樂

夜深記得臨岐語說花時歸來去教人每日思量到處與誰分付其奈冤家無定據約雲朝又還雨暮將淚入鴛衾總不成行步　元來也解知思慮一封書深相許情知玉帳堪歡為向金門進取直待腰金拖紫後有夫

人縣君相與爭奈會分疎沒嫌伊門路

一落索

誰道秋來煙景素枉遊人不顧一番時態一番新到得意皆歡慕紫萸黃菊繁華處對風庭月露愁來即便去尋芳更作甚悲秋賦

促拍滿路花 往時有人書此詞於州東酒肆壁間愛其詞不能歌也一十年前有醉道士歌於廣陵市中羣小兒隨歌得之乃知其為促拍滿

欽定四庫全書

路花也俗子口傳加醲鄙語政敗其好處山谷
老人為錄舊文以告深於義味者
秋風吹渭水落葉滿長安黃塵車馬道獨清閒自然爐
鼎虎繞與龍盤九轉丹砂就琴心三疊藥宮看舞胎仙
任萬釘寶帶貂蟬富貴欲薰天黃粱炊未熟夢驚殘
是非海裏直道作人難袖手江南去白蘋紅蓼又尋湓
浦廬山

山谷詞

淮海詞

秦觀

欽定四庫全書

淮海詞　　集部十
　　　　　詞曲類　詞集之屬

提要

臣等謹案淮海詞一卷宋秦觀撰觀有淮海集別著録馬氏經籍考載淮海詞一卷而傳本俱稱三卷此本為毛晉所刻僅八十七調裒為一卷乃雜採諸書而成其總目尚注原本三卷存其舊也晉跋雖稱訂訛搜遺而校

讐尚多疏漏如集内長相思鐵甕城高一闋乃用賀方回韻尾句作鴛鴦未老否詞滙所載則作鴛鴦未老綢繆考當時楊旡咎亦有此調與觀同賦注云用方回韻其尾句乃佳期未卜綢繆知詞滙為是矣又河傳一闋尾句作悶損人天不管考黃庭堅亦有此調尾句作好殺人天不管自注云因少游詞戲以好字易瘦字是觀原詞當是瘦殺人天不管

悶損二字為後人妄改也至與起一聲人悄一闋乃在黄州咏海棠作調名醉鄉春詳見冷齋夜話此本乃缺其題但以三方空記之亦為失考今並釐正稍還其舊觀詩格不及蘇黄而詞則情韻兼勝在蘇黄之上流傳雖少要為倚聲家一巨擘也蔡絛鐵圍山叢談記觀壻范温常預貴人家會貴人有侍兒喜歌秦少游長短句坐間略不顧温酒酣懽洽

欽定四庫全書

始問此郎何人温遂起义手對曰某乃山抹
微雲女壻也聞者絶倒云云㒽蔡京子而所
言如是則觀詞為當時所重可知矣乾隆四
十九年十一月恭校上
總纂官臣紀昀臣陸錫熊臣孫士毅
總校官臣陸費墀

欽定四庫全書

淮海詞

宋 秦觀 撰

憶仙姿 舊刻如夢令五闋今增入二闋

門外鴉啼楊柳春色著人如酒睡起熨沈香玉腕不勝金斗消瘦消瘦還是褪花時候

又

遙夜沈沈如水風緊驛亭深閉夢破鼠窺燈霜送曉寒

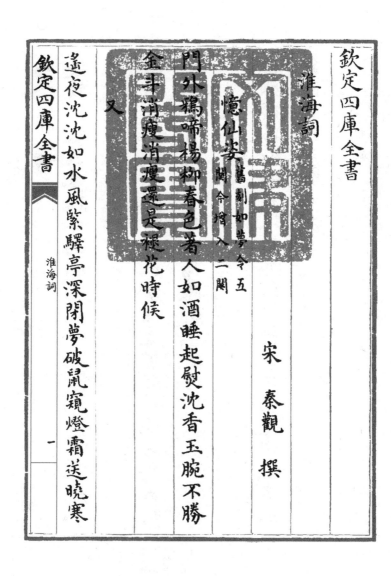

侵被無寐無寐門外馬嘶人起

又

幽夢匆匆破後粧粉亂紅霑袖遥想酒醒來無奈玉銷花瘦回首回首遶岸夕陽疎柳

又 或刻晏叔原

樓外殘陽紅滿春入柳條將半桃李不禁風回首落英無限腸斷腸斷人共楚天俱遠

又 或刻周美成

池上春歸何處滿目落花飛絮孤館悄無人夢斷月堤歸路無緒無緒簾外五更風雨

又 此二闋舊本逸

門外緑陰千頃兩兩黄鸝相應睡起不勝情行到碧梧金井人靜人靜風弄一枝花影

又

鶯嘴啄花紅溜燕尾點波緑皺指冷玉笙寒吹徹小梅春透依舊依舊人與緑楊俱瘦

昭君怨 春日寓意 舊刻趙長卿

隔葉乳鴉聲軟號斷日斜陰轉楊柳小腰肢畫樓西役損風流心眼眉上新愁無限極目送雲行此時情

調笑令

漢宮選女適單于明妃斂袂登氈車玉容寂寞花無主顧影徘徊泣路隅行行漸入陰山路目斷征鴻入雲去獨抱琵琶恨更深漢宮不見空回顧回顧漢宮路捍撥檀槽鸞對舞玉容寂莫花無主顧影

偷彈玉筯未央宫殿知何處目送征鴻南去

右王昭君

金陵往昔帝王州樂昌主第最風流一朝隋兵到江上共抱悽悽去國愁越公萬騎鳴笳鼓劒擁玉人天上去空攜破鏡望紅塵千古江楓籠輦路

輦路江楓古樓上吹簫人在否菱花半璧香塵汙往日繁華何處舊歡新愛誰為主啼笑兩難分付

右樂昌公主

蒲中有女號崔徽輕似南山翡翠兒使君當日最寵
愛坐中對客常擁持一見裴郎心似醉夜解羅衣與
門吏西門寺裏樂未央樂府至今歌翡翠
翡翠好容止誰使庸奴輕點綴裴郎一見心如醉笑裏
偷傳深意羅衣深夜與門吏暗結城西幽會

石崔徽

尚書有女名無雙蛾眉如畫學新粧伊家仙客最明
俊舅母惟只呼王郎尚書往日先曾許數載睽違令

復遇聞說襄江二十年當時未必輕相慕
相慕無雙女當日尚書先曾許王郎明俊神仙侶腸斷
別離情苦數年睽恨今復遇笑指襄江歸去

右無雙

錦城春暖花欲飛灼灼當庭舞柘枝相君上客河東
秀自言那得傍人知妾願身為梁上燕朝朝暮暮長
相見雲收月墜海沈沈淚滿紅綃寄腸斷
腸斷繡簾捲妾願身為梁上燕朝朝暮暮長相見莫遣

恩遷情變紅綃粉淚知何限萬古空傳遺怨

右灼灼

百尺樓高燕子飛樓上美人顰翠眉將軍一去音容遠只有年年舊燕歸春風昨夜來深院春色依然人不見只餘明月照孤眠回望舊恩空戀戀戀戀樓中燕燕子樓空春日晚將軍一去音容遠空鎖樓中深院春風重到人不見十二闌干倚遍

右盼盼

崔家有女名鶯鶯未識春光先有情河橋兵亂依蕭寺紅愁綠慘見張生張生一見春情重明月拂牆花影動夜半紅娘擁抱來脈脈驚魂若春夢

春夢神仙洞冉冉拂牆花樹動西廂待月知誰共更覺玉人情重紅娘深夜行雲送困嚲釵橫金鳳

右崔鶯鶯

若耶溪邊天氣秋採蓮女兒溪岸頭笑隔荷花共人語煙波渺渺蕩輕舟數聲水調紅嬌晚棹轉舟回笑

人遠腸斷誰家遊冶郎盡日踟蹰臨柳岸
柳岸水清淺笑折荷花呼女伴盈盈日照新妝面水調
空傳幽怨扁舟日莫笑聲遠對此令人腸斷

右採蓮

鑒湖樓閣與雲齊樓上女兒名阿溪十五能為綺麗
句平生未解出幽閨謝郎巧思詩裁翦能使佳人動
幽怨瓊枝璧月結芳期斗帳雙雙成眷戀
眷戀西湖岸湖面樓臺侵雲漢阿溪本是飛瓊伴風月

朱扉斜掩謝郎巧思詩裁翦能動芳懷幽怨

右煙中怨

深閨女兒嬌復癡春愁春恨那復知舅兄唯有相拘
意暗想花心臨別時離舟欲解春江暮冉冉香魂逐
君去重來兩身復一身夢覺春風話心素
心素與誰語始信別離情最苦蘭舟欲解春江暮精爽
隨君歸去異時攜手重來處夢覺春風庭戶

右離魂記

生查子 時刻不載

眉黛遠山長新柳開青眼樓閣斷霞明羅幕春寒淺
盃嫌玉漏遲燭厭金刀剪月色忽飛來花影和簾捲

點絳唇 桃源或刻蘇子瞻

醉漾輕舟信流引到花深處塵緣相誤無計花間住
煙水茫茫回首斜陽暮山無數亂紅如雨不記來時路

又

月轉烏啼畫堂宮徵生離恨美人愁悶不管羅衣褪

清淚斑斑揮斷柔腸寸嗔人問背燈偷揾拭盡殘粧粉

浣溪沙 此首或刻歐陽永叔

漠漠輕寒上小樓曉陰無賴似窮秋澹煙流水畫屏幽 自在飛花輕似夢無邊絲雨細如愁寶簾閒挂小銀鈎

又 亦刻歐陽永叔

香靨凝羞一笑開柳腰如醉暖相挨日長人困下樓臺 照水有情聊整鬢倚闌無緒更兜鞋眼邊牽恨嬾歸

來

又

霜縞同心翠黛連紅綃四角綴金錢惱人香爇是龍涎
枕上忽收疑是夢燈前重看不成眠又還一段惡姻
緣

又

脚上鞵兒四寸羅唇邊朱粉一櫻多見人無語但回波
料得有心憐宋玉只應無奈楚襄何今生有分共伊

歷

又（或刻張子野）

錦帳重重捲暮霞屏風曲曲鬬紅牙恨人何事苦離家
枕上夢魂飛不去覺來紅日又西斜滿庭芳草襯殘
花

採桑子（元刻醜奴兒）

夜來酒醒清無夢愁倚闌干露滴輕寒雨打芙蓉淚不
乾　佳人別後音塵悄瘦盡難拚明月無端已過紅樓

十二間

菩薩鬘

蟲聲泣露驚秋枕羅幃淚濕鴛鴦錦獨臥玉肌涼殘更

與恨長　陰風翻翠幔雨澀燈花暗畢竟不成眠鵶啼

金井寒

又 時刻不載

金風簌簌驚黄葉高樓影轉銀蟾匝夢斷繡簾垂月明

烏鵲飛　新愁知幾許欲似柳千絲雁已不堪聞砧聲

何處村

減字木蘭花

天涯舊恨獨自淒涼人不問欲見回腸斷盡金爐小篆香　黛蛾長斂任是東風吹不轉困倚危樓過盡飛鴻字字愁

好事近　夢中作

春路雨添花花動一山春色行到小溪深處有黃鸝千百　飛雲當面化龍蛇夭矯轉空碧醉臥古藤陰下了

不知南北

阮郎歸

褪花新綠漸團枝撲人風絮飛秋千未拆水平堤落紅成地衣　遊蝶困乳鶯啼怨春春怎知日長早被酒禁持那堪更別離

又

宮腰裊裊翠鬟鬆夜堂深處逢無端銀燭殞秋風靈犀得暗通　更有限恨無窮星河沈曉空隴頭流水各西

東佳期如夢中

又

瀟湘門外水平鋪月寒征棹孤紅粧飲罷少踟躕有人偷向隅　揮玉筯灑真珠梨花春雨餘人人盡道斷腸初那堪腸也無

又

湘天風雨破寒初深深庭院虛麗譙吹罷小單于迢迢清夜徂　鄉夢斷旅魂孤崢嶸歲又除衡陽猶有雁傳

書郴陽和雁無

又 舊刻醉桃源另見今併入

碧天如水月如眉城頭銀漏遲綠波風動畫船移嬌羞初見時 銀燭暗翠簾垂芳心兩自知楚臺魂斷曉雲飛幽歡難再期

畫堂春

落紅鋪徑水平池弄晴小雨霏霏杏園顦顇杜鵑啼無奈春歸 柳外畫樓獨上凭闌手撚花枝放花無語對

斜暉此恨誰知

又 或刻山谷年十六作

東風吹柳日初長雨餘芳草斜陽杏花零亂燕泥香睡損紅妝　寶篆煙消龍鳳畫屏雲鎖瀟湘夜寒微透薄羅裳無限思量

海棠春 舊刻不載

流鶯窗外啼聲巧睡未足把人驚覺翠被曉寒輕寶篆沈煙裊　宿酲未解宮娥報道別院笙歌會早試問海

棠花昨夜開多少

一落索

楊花終日飛舞奈久長難駐海潮雖是暫時來却有箇堪憑處　紫府碧雲為路好相將歸去肯如薄倖五更風不解與花為主

虞美人影

秦樓深鎖薄情種清夜悠悠誰共羞見枕衾鴛鳳悶即和衣擁　無端畫角嚴城動驚破一番新夢牕外月華

霜重聽徹梅花弄

又 時刻不載

碧紗影弄東風曉一夜海棠開了枝上數聲啼鳥粧點知多少 妬雲恨雨腰肢裊眉黛不堪重掃薄倖不來春老羞帶宜男草

迎春樂

菖蒲葉葉知多少惟有箇蜂兒妙雨晴紅粉齊開了露一點嬌黃小 早是被曉風力暴更春共斜陽俱老怎

得花香深處作箇蜂兒抱花香原作香香恐是當時語

南歌子 贈陶心兒

玉漏迢迢盡銀潢淡淡橫夢回宿酒未全醒已被鄰雞催起怕天明 臂上妝猶在襟間淚尚盈水邊燈火漸人行天外一鈎殘月帶三星

又

愁鬟香雲墜嬌眸水玉裁月屏風幌為誰開天外不知音耗百般猜 玉露沾庭砌金風動琯灰相看有似夢

初冋只恐又拋人去幾時來

又

香墨彎彎畫鷰脂淡淡勻揉藍衫子杏黃裙獨倚玉闌無語點檀唇　人去空流水花飛半掩門亂山何處覓行雲又是一鉤新月照黄昏

品令

幸自得一分索强教人難喫好好地惡了十來日恰而今較些不　須管啜持教笑又也何須肐織衠倚賴臉

兒得人惜放軟頑道不得

又

掉又臞天然箇品格於中壓一簾兒下時把鞵兒踢語低低笑咭咭　每每秦樓相見見了無限憐惜人前强不欲相沾識把不定臉兒赤

玉樓春

秋容老盡芙蓉院草上霜花勻似剪西樓促坐酒盃深風壓繡簾香不捲　玉纖慵整銀箏鴈紅袖時籠金鴨

煗歲華一任委西風獨有春紅留醉臉

鵲橋仙

纖雲弄巧飛星傳恨銀漢迢迢暗度金風玉露一相逢便勝却人間無數　柔情似水佳期如夢忍顧鵲橋歸路兩情若是久長時又豈在朝朝暮暮

虞美人

高城望斷塵如霧不見聯驂處夕陽村外小灣頭只有柳花無數送歸舟　瓊枝玉樹頻相見只恨離人遠欲

將幽恨寄青樓爭奈無情江水不西流

又

碧桃天上栽和露不是凡花數亂山深處水縈洄可惜一枝如畫為誰開　輕寒細雨情何限不道春難管為君沈醉又何妨秖怕酒醒時候斷人腸

又

行行信馬橫塘畔煙水秋平岸綠荷多少夕陽中知為阿誰凝恨背西風　紅妝艇子來何處蕩槳偷相顧鴛

鴦驚起不無愁柳外一雙飛去却回頭

南鄉子

妙手寫徽真水剪雙眸點絳唇疑是昔年窺宋玉東鄰只露牆頭一半身　往事已酸辛誰記當年翠黛顰盡道有些堪恨處無情任是無情也動人

踏莎行 郴州旅舍

霧失樓臺月迷津渡桃源望斷無尋處可堪孤館閉春寒杜鵑聲裏斜陽暮　驛寄梅花魚傳尺素砌成此恨

無重數郴江幸自遶郴山為誰流下瀟湘去坡翁絶愛此詞尾兩句自書於扇云少游已矣雖萬人何贖釋天隱註三體唐詩謂此二句實自沅湘日夜東流去不為愁人住少時變化然邶之毖彼泉水亦流于淇已有此意秦公葢出諸此又王直方詩話載黄山谷惜此詞斜陽暮意重欲易之未得其字今郴誌遂作斜陽度愚謂此亦何害而病其重也李太白詩睠彼落日暮即斜陽暮也劉禹錫烏衣巷口夕陽斜杜工部山木蒼蒼落日曛皆此意別如韓文公紀夢詩中有一人壯非少石鼓歌安置妥帖平不頗之類尤多豈可亦謂之重耶山谷當無此言即誠出山谷亦豈足為定論耶

臨江仙

千里瀟湘接藍浦蘭橈昔日曾經月高風定露華清微

波澄不動冷浸一天星　獨倚危樓情悄悄遥聞妃瑟泠泠新聲含盡古今情曲終人不見江上數峯青

又

髻子偎人嬌不整眼兒失睡微重尋思模樣早心忪斷腸攜手處何事太悤悤　不忍殘紅猶在臂翻疑夢裏相逢遥憐南埭上孤篷夕陽流水外紅滿淚痕中

蝶戀花

曉日窺軒雙燕語似與佳人共惜春將暮屈指豔陽都

幾許可無時霎閒風雨　流水落花無問處只有飛雲
冉冉來還去持酒勸雲雲且住憑君礙斷春歸路

河傳

亂花飛絮又望空鬬合離人愁苦那更夜來一霎薄情
風雨暗掩將春色去　籬枯壁盡因誰做若說相思佛
也眉兒聚莫怪為伊抵死縈腸惹肚為没教人恨處

又

恨眉醉眼甚輕輕覷著神魂迷亂常記那回小曲闌干

西畔鬢雲鬆羅襪剗　丁香笑吐嬌無限語軟聲低道我何曾慣雲雨未諧早被東風吹散悶損人天不管

江城子

西城楊柳弄春柔動離憂淚難收猶記多情曾為繫歸舟碧野朱橋當日事人不見水空流　韶華不為少年留恨悠悠幾時休飛絮落花時候一登樓便做春江都是淚流不盡許多愁

又

南來飛燕北歸鴻偶相逢慘愁容緑鬢朱顔重見兩衰翁别後悠悠君莫問無限事不言中　小槽春酒滴珠紅莫怱怱滿金鍾飲散落花流水各西東後會不知何處是煙浪遠莫雲重

又

棗花金釧約柔荑昔曾攜事難期咫尺玉顔和淚鎖金閨恰似小園桃與李雖同處不同枝　玉笙初度顫鸞篦落花飛為誰吹月冷風高此恨只天知任是行人無

定處重相見是何時

千秋歲 謫處州日作

水邊沙外城郭春寒退花影亂鶯聲碎飄零疎酒盞離別寛衣帶人不見碧雲暮合空相對 憶昔西池會鵷鷺同飛蓋攜手處今誰在日邊清夢斷鏡裏朱顔改春去也飛紅萬點愁如海

一叢花

年時今夜見師師雙頰酒紅滋疎簾半捲微燈外露華

上煙裊涼颸簪髻亂拋偎人不起彈淚唱新詞　佳期誰料久參差愁緒暗縈絲想應妙舞情歌罷又還對秋色嗟咨惟有畫樓當時明月兩處照相思

促拍滿路花　一無促拍二字

露顆添花色月彩投牕隙春思如中酒恨無力洞房咫尺曾寄青鸞翼雲散無蹤跡羅帳熏殘夢回無處尋覓　輕紅膩白步步熏蘭澤約腕金環重宜裝飾未知安否一向無消息不似尋常憶憶後教人片時在濟不得

滿園花

一向沈吟久淚珠盈襟袖我當初不合苦撋就慣縱得軟頑見底心先有行待癡心守甚捻著脈子倒把人來僝僽　近日來非常羅皁醜佛也須眉皺怎掩得衆人口待收了孛羅罷了從來斗從今後休道共我夢見也不能得勾

八六子 春怨

倚危亭恨如芳草淒淒剗盡還生念柳外青驄別後水

邊紅袂分時悽然暗驚　無端天與娉婷夜月一簾幽
夢春風十里柔情怎奈何歡娱漸隨流水素絃聲斷翠
綃香減那堪片片飛花弄晚濛濛殘雨籠晴正銷凝黄
鸝又啼數聲

夢揚州

晚雲收正柳塘煙雨初休燕子未歸惻惻輕寒如秋小
欄外東風軟透繡幃花密香稠江南遠人何處鷓鴣啼
破春愁　長記曾陪燕遊酬妙舞清歌麗錦纏頭殢酒

困花十載因誰淹留醉鞭拂面歸來晚望翠樓簾捲金鈎佳會阻離情正亂頻夢揚州

滿庭芳

山抹微雲天粘衰草畫角聲斷譙門暫停征棹聊共引離尊多少蓬萊舊事空回首煙靄紛紛斜陽外寒鴉數點流水遶孤村　消魂當此際香囊暗解羅帶輕分謾贏得青樓薄倖名存此去何時見也襟袖上空染啼痕傷情處高城望斷燈火已黄昏天粘衰草今本改粘作連非也韓文洞庭漫汗

粘天無壁張祐詩草色粘天鶗鴂恨山谷詩遠水粘天呑釣舟邵博詩平浪勢粘天趙文昇詞玉闕芳草粘天碧嚴次山詞粘雲紅影傷千古葉夢得詞浪粘天蒲桃漲綠劉行簡詞山翠欲粘天劉叔安詞莫煙細草粘天遠粘字極工且有出處若作連天是小兒之語也

又

紅蓼花繁黄蘆葉亂夜深玉露初零霽天空闊雲淡楚江清獨棹孤篷小艇悠悠過煙渚沙汀金鉤細絲綸慢捲牽動一潭星　時時橫短笛清風皓月相與忘形任人笑生涯泛梗飄萍飲罷不妨醉臥塵勞人有耳誰聽

江風靜日高未起枕上酒微醒

又

碧水驚秋黄雲凝暮敗葉零亂空堦洞房人靜斜月照徘徊又是重陽近也幾處處砧杵聲催西牕下風搖翠竹疑是故人來　傷懷憎悵望新懽易失往事難猜問籬邊黄菊知為誰開謾道愁須殢酒酒未醒愁已先回憑闌久金波漸轉白露點蒼苔

又　詠茶　或刻黄山谷

北苑研膏方圭圓璧萬里名動京關碎身粉骨功合上
凌煙尊俎風流戰勝降春睡開拓愁邊纖纖捧香泉濺
乳金縷鷓鴣斑　相如方病酒一觴一詠賓友羣賢為
扶起燈前醉玉頹山搜攪胸中萬卷還傾動三峽詞源
歸來晚文君未寢相對小妝殘

又　向誤王觀

晚色雲開春隨人意驟雨方過還晴高臺芳樹飛燕蹴
紅英舞困榆錢自落鞦韆外綠水橋平東風裏朱門映

柳低按小秦箏　多情行樂處珠鈿翠蓋玉轡紅纓漸酒空金榼花困蓬瀛豆蔻梢頭舊恨十年夢屈指堪驚凭闌久踈煙淡日寂寞下蕪城今本誤作晚兔雲開不通維揚張綖刻詩餘譜以意改兔作見亦非按花菴詞選作晚色雲開今從之

又 茶詞

雅燕飛觴清談揮麈使君高會羣賢密雲雙鳳初破縷金團牕外爐煙似動開尊試一品奔泉輕淘起香生玉乳雪濺紫甌圓　嬌鬟宜美眄雙擎翠袖穩步紅蓮坐

中客翻愁酒醒歌闌點上紗籠畫燭花驄弄月影當軒頻相顧餘歡未盡欲去且留連

雨中花慢

點指虛無征路醉乘斑虬遠訪西極見天風吹落滿空寒皇女明星迎笑何苦自淹塵域正火輪飛上霧捲煙開洞觀金碧重重觀閣橫枕鼇峯水面倒銜蒼石隨處有奇香幽火杳然難測好是蟠桃熟後阿環偷報消息在天碧海一枝難遇占取春色

長相思

鐵甕城高蒜山渡闊干雲十二層樓開尊待月掩箔披風依然燈火揚州綺陌南頭記歌名宛轉鄉號温柔曲檻俯清流想花陰誰繫蘭舟　念凄絶秦絃感深荆賦相望幾許凝愁勤勤裁尺素奈雙魚難渡瓜洲曉鑑堪羞潘鬢點吳霜漸稠幸于飛鴛鴦未老不

水龍吟 贈妓樓東玉

小樓連苑横空下窺繡轂雕鞍驟疎簾半捲單衣初試

清明時候破煖輕風弄晴微雨欲無還有賣花聲過盡
斜陽院落紅成陣飛鴛甃 玉佩丁東别後悵佳期參
差難又名韁利鎖天還知道和天也瘦花下重門柳邊
深巷不堪回首念多情但有當時皓月照人依舊

鼓笛慢

亂花叢裏曾攜手窮豔景迷歡賞到如今誰把雕鞍鎖
定阻遊人來往好夢隨春遠從前事不堪思想念香閨
正杳佳歡未偶難留戀空惆悵 永夜嬋娟未滿嘆玉

樓幾時重上那堪萬里却尋歸路指陽關孤唱苦恨東流水桃源路欲回雙槳仗何人細與叮嚀問呵我如今怎向

望海潮 廣陵懷古

星分牛斗疆連淮海揚州萬井提封花發路香鶯啼人起珠簾十里春風豪俊氣如虹曳照春金紫飛蓋相從巷入垂楊畫橋南北翠煙中　追思故國繁雄有迷樓挂斗月觀横空紋錦製帆明珠濺雨寧論雀馬魚龍往

事逐孤鴻但亂雲流水縈帶離宫最好揮毫萬字一飲

搊千鍾

又 越州懷古

秦峰蒼翠耶溪瀟灑千巖萬壑爭流鴛瓦雉城譙門畫

戟蓬萊燕閣三休天際識歸舟汎五湖煙月西子同遊

茂草荒臺苧羅村冷起閒愁　何人覽古凝眸悵朱顔

易失翠被難留梅市舊書蘭亭古墨依稀風韻生秋狂

客鑑湖頭有百年臺沼終日夷猶最好金龜換酒相與

醉滄洲

又 洛陽懷古

梅英疎淡冰澌溶洩東風暗換年華金谷俊游銅駞巷陌新晴細履平沙長記誤隨車正絮翻蝶舞芳思交加柳下桃蹊亂分春色到人家 西園夜飲鳴笳有華燈礙月飛蓋妨花蘭苑未空行人漸老重來是事堪嗟煙暝酒旗斜但倚樓極目時見棲鴉無奈歸心暗隨流水到天涯

又 別意

奴如飛絮郎如流水相沾便肯相隨微月戶庭殘燈簾幙忽忽共惜佳期纔話暫分攜早抱人嬌咽雙淚紅垂畫舸難停翠幃輕別兩依依　別來怎表相思有分香帕子合數松兒紅粉脆痕青牋嫩約丁寧莫遣人知成病也因誰更自言秋杪親去無疑但恐生時注著合有分于飛

風流子 初春

東風吹碧草年年華換行客老滄洲見梅吐舊英柳揺新緑惱人春色還上枝頭寸心亂北隨雲黯黯東逐水悠悠斜日半山暝煙兩岸數聲橫笛一葉扁舟　青門同攜手前歡記渾似夢裏揚州誰念斷腸南陌回首西樓算天長地久有時有盡奈何綿綿此恨無休擬待倩人説與生怕人愁

沁園春 春思

宿靄迷空膩雲籠日晝景漸長正蘭皋泥潤誰家燕喜

蜜脾香少觸處蜂忙盡日無人簾幕挂更風遞游絲時過牆微雨後有桃愁杏怨紅淚淋浪　風流寸心易感但依依竚立回盡柔腸念小奩瑤鑑重匀絳蠟玉籠金斗時熨沈香柳下相將遊冶處便回首青樓成異鄉相憶事縱蠻牋萬疊難寫微茫

更漏子　少游謫藤州一日醉野人家作此詞本集不載見於地志或不識畱字妄改可笑

喚起一聲人悄衾冷夢寒牕曉瘴雨過海棠開春色又添多少　社甕釀成微笑半缺椰瓢共畱覺傾倒急投

牀醉鄉廣大人間小

鷓鴣天 舊刻逸

枝上流鶯和淚聞新啼痕間舊啼痕一春魚鳥無消息千里關山勞夢魂無一語對芳尊安排腸斷到黃昏甫能炙得燈兒了雨打梨花深閉門

淮海詞

淮海詞跋

晁氏云今代詞手惟秦七黃九或謂詞尚綺豔山谷特瘦健似非秦比朝溪子謂少游歌詞當在東坡上但少游性不耐聚稿間有滛章醉句輒散落青帘紅袖間雖流播舌眼從無的本余既訂訛搜逸共得八十七調集為一卷亦未敢曰無闕遺也古虞毛晉記

欽定四庫全書